꽃과 별과 총

시와반시 기획시인선 030

꽃과 별과 총

이종암 시집

시와반시

| 차례 |

제1부 꽃

제2부 총

제3부 별

해설

제1부

꽃

저마다, 꽃

사월 산길을 걷다가, 엉겁결에
한 소식 받아 적는다

―저마다, 꽃!

연두에서 막 초록으로 건너가는
푸름의 빛깔 빛깔들 그
제 각각인 것 모여, 사월 봄 숲은
그윽한 총림叢林이다

참나무너도밤나무개옻나무고로쇠나무단풍나무소
나무오동나무산철쭉진달래산목련아까시나무때죽
나무오리나무층층나무산벚나무싸리나무조팝나무
서어나무물푸레나무……,

꽃을 가졌거나 못 가졌거나
몸의 구부러짐과 곧음

색깔의 유무와 강약에도 관계없이
오롯이
함께 숲을 이루는 저 각양각색의
나무, 나무들

사람들 모여 사는 세상 또한, 그렇다
저마다 꽃이다

구만리

드센 바닷바람 와글와글 구만리* 구릉
끝없이 출렁대는 보리밭 위로
노래처럼 봄날 깊어 가니
밭고랑 보리 빛깔들 하늘로 타오른다

누릿누릿 황금색 점점 번져가는 보리밭
봄볕으로 따스하게 데워진 하늘 사이
보이지 않는 종달새 지저귀는 소리
소리들 삐쪽, 뾰쪽 연거푸 쏟아져 내린다

구만리 바다 부서지는 파도 소리만큼
몸 바꾸는 보리밭의 색과 노래 잔치
가까운 듯 먼 듯 허공의 종달새 따라
소풍 나온 시인들은 또 뭐라뭐라 노래하고

봄날은 간다하고 떠나가는 봄날의
노랫가락에 속이 다 타들어 가는

호미곶 구만리 허공이 드디어 꽉 찬다

* 포항시 남구 호미곶면

고래심줄

텔레비전에서 새끼 낳는 걸 봤다
고래와 고래

고래로 어미의 자식 사랑은
고래 심줄이라 했지만

혼자서 살고 있는
여든일곱의 어미는 대상포진으로
죽도 물도 넘기기 힘겨운데
고래심줄 다 닳아 간당간당하는데

애지중지 키워낸 일곱 자식들
제 나온 뜨거운 끈 까맣게 잊고
그저 저 먹고살기에만 바쁘고, 참내

윤슬에 대한 고찰

햇빛과 달빛에 비치어 반짝반짝
빛나는 잔물결의 빛깔들, 윤슬
하늘의 빛, 땅 위의 물 그리고
그 사이 바람, 셋이 만나서
하나의 몸동작으로 빚고 빚은
생명의 빛나는 춤이요 꽃이다

나뭇가지에 꽃으로 피어나는 일도
꽃이 되어 풍경 속에 빛나는 일도
허공 속으로 미련도 없이 떨어지는
꽃들의 춤도 윤슬이 아닐 수 없다

이 세상 생명으로 몸 받아 와서
더더구나 사람의 몸으로 와서는
사람답게 빛나는 목숨의 길 가는
너도나도 슬, 슬, 슬 윤슬이다

애인과 꽃놀이

대상포진으로 기진맥진 집에만 누워있는
늙은 애인 꼬드겨 깊어가는 봄날
꽃놀이 간다

어딜 가나 꽃들이 즐비하다
저기 배꽃 살구꽃 좀 봐요
입술연지 바른 복사꽃도 피었네요
길 아래 저 노랑노랑 유채꽃밭
유치원 아동들의 그림 같지 않아요

내 말 듣는 둥 마는 둥, 우리 어매는
꽃들에겐 눈길 한 번 주지 않고
오랜만에 만난 둘째 아들만 쳐다보고
무어라 뭐라 얘기하기에만 바쁘다

하늘의 해를 향해 목을 빼면서
꽃들 피듯

애인에겐 내가 하늘의 태양만 같은데
늙은 애인한테
못난 내 낯짝 자주 보여 드려야 하느니

꿈

　병든 여든일곱 우리 어머니
　어저께 우리 내외 앉혀놓고 하시는 말씀

　너거 아버지 세상 버린 지 십칠 년 만에 처음 내 꿈
에 왔다 아이가, 집을 새로 다 지어놓았다 하더라, 거
기서도 좋은 볏짚은 큰집에다 갖다준 것인지 반쯤 상
한 짚으로 지붕을 엮어놓았다고 내가 또 잔소리를 막
하지 않았나. 이 꿈이 뭔공?

　좋은 꿈이요, 어머니
　대상포진만 나으면 좋은 집에서
　한 십 년은 끄떡없이 건강하실 거요

　생전 그렇게도 좋지 않던 사이였는데
　두 분
　이제는 화해를 하고 사이도 좋아지셨나
　집에 와서 곰곰 생각하다, 어어

안돼요, 아버지! 그곳에

어머니는 아직 가실 때가 아닙니다

오동꽃, 찬란

알록달록 봄꽃들 다 스러지고
연두도 초록으로 건너가는
오월, 어느 날
키 큰 오동나무 가지에 꽃이 온다

연두니 초록이니 그런 봄빛도 없이
말라죽은 듯 검은 오동나무 가지에
보랏빛 오동꽃 오동꽃이
숭어리숭어리 몰려들 온다

찬란, 신라 왕관 같기도 하고
당상관 집 솟을대문마냥 위풍도 당당하다

오동꽃 활짝 핀 나뭇가지에 앉아
피리를 불면
오동, 오동동 향기 멀리 떠다니리
저 향기 위에 올라타면, 나는

죽은 동생도 만나는 그 찬란이 오는가

육화산

날이 새거나 어둡거나 상관도 없이
고향집 대청마루에서 날마다
고개 들고 바라보던 육화산六花山
불혹도 한참 지나서야 처음 올랐네

산굽이 돌아서고 올라설 때마다
저 멀리 발아래 내려다뵈는
동창천 강줄기는 푸르게 웃으며
내게로 달려오고
강 가까이 옹기종기 사람들 모여 사는
용전 길명 명대 북지 삿갈 호방
마을들 여기저기 꽃처럼 피어나네

산봉우리 여섯 꽃잎처럼 둘러싸여
얻은 이름 육화산인가?
산에 함께 올라간 어릴 적 친구들
종의 영자 용식 전열 명자 태봉이

동무들은 모두가 오래 정든 산 같고
꽃잎, 꽃잎, 꽃잎들만 같은데

확확대던 숨결 유야무야 싱거워지면
우리도 저 육화산 속으로 들어가서, 끝내
산의 부분으로 육화되는 것 아니겠는가
그 내통 위에 꽃은 또 피고 지고

조등, 오동꽃

하얗게 빨갛게 노랗게 또 분홍으로
요란스레 피고 지던 봄꽃, 봄꽃들
하나 둘 스러지고
연두에서 명록, 암록에 이른 산야
그때 너는 온다
소리 소문도 없이
보랏빛 깃발 조용히 펄럭이며

나즐로 내려가는 길 제 먼저 기워버린
지리산 빨치산 유격대 젊은 소대장의
하늘 높이 내뻗은 맨주먹처럼
이렇게 불쑥, 너는 기필코 오고야 만다

아픔과 상처의 지난 년대
하늘 높이 빈주먹 내지르며 쓰러져갔던
푸른 빨치산들 조상弔喪이라도 하듯

오월 허공에 내걸린 조등, 오동꽃

청도에 가서

−이하석

작년 가을에 현대불교문인협회 시인들
여럿, 내 고향 청도로 소풍을 갔는데요
가창에서 출발하여 팔조령터널 빠져나오자
저 아래 먼 곳, 이서국 들판과 화양 읍성과
청도 남산 곳곳이 하얀 안개로 자욱하였지요

여기저기 뭉실뭉실 뭉게뭉게하는 안개
바라본 그가 한 마디 툭 내뱉습니다
시월이면 저 청도 땅 지하벙커 속 안개공장
풀가동된다 말이야, 저곳 급습하면 어떨까?

유등연지에서 잠시 사진도 찍고 얘길 나눌 때
총무 곽도경 시인이 그에게 심각하게 묻습니다
숙살지는 키 작은 가을 들꽃 하나 가리키며
선생님, 선생님 이 예쁜 꽃 이름은 뭐예요, 네?
잠시 빙그레 웃다가 그는 말합니다, 도−경−화

얼굴 붉어진 곽도경 시인은 가을꽃이 되구요

기필코 구름과 바람과 안개의 속내 속으로
들어가려는, 사람 얼굴에 꽃을 피우는 사내

하목정 대청마루 꽃거울

피고 지고 또 피고 지는 뒷마당의
목백일홍꽃, 서녘의 석양빛을 타고
하목정 대청마루 위에 수북이 건너왔다
뒷마당에 떨어진 붉은 꽃들의 빛들도
대청마루 모두 올라와 꽃거울이 되었다

낙동강 물길이 다른 데로 빠져나가
바라다보던 강물도 그 아래 오리도
보이질 않아 밋밋하고 밋밋하지만
배롱나무 붉은 꽃빛들 얼비춰진
대청마루 꽃거울, 하목정을 지키고 있다

대청마루 불그레 빛나게 부신 꽃거울
들여다보는 내 가슴마저 물들게 만드는
그 꽃거울, 가만히 오래 들여다 보면
처음 집을 지은 임란 의병장 이종문도
하목정 편액 글씨를 써 내려준 인조도

백오십 년 전 정자를 드나들던 유생들 속
내 큰동서 증조부 모습도 보이는 듯하여라

닻꽃

순천 김인호 시인의 페이스북에서
처음 봤다
용담과 한 두해살이풀, 닻꽃
꽃 아래 갈고리 모양 꽃받침 네 개
뭍과 바다에 하나로 배 묶어두는
닻, 꼭 그 모양 그대로다

스물한 살 첫사랑 떠나기 전
저 닻꽃 꺾어다 줄 걸 그랬다

지금은 닻에 묶여 오도 가도 못한다
오십 넘어 잠자리에서 드르릉 드릉
같이 코를 고는 아내와 내 몸에, 닻
빼도 박도 못하게 깊이 꽂혀 있다

외아들 녀석이 우리 부부의 닻이다
나와 아내 사이에서 핀 저 닻꽃,

내 이승과 저승 사이를 박아놓은

합장하는 개망초

충북 단양군 가곡면 어의곡리 245-1
장안사 약사여래불 엄지발가락 앞에
지난 해 입적하신
성월 큰스님 현신現身인 듯
개망초 하나 꼿꼿이 서서
일고여덟 꽃송이 피워 합장 기도 중이다
소백산 비로봉도
절 앞 국망봉도 함께 엎드려 있다

나도 합장한다

제2부

총

시총詩塚

　말조심의 뜻으로 전해져오는 언총言塚을 어느 시인
의 시에서 만나고는 캬- 무릎을 쳤지. 얼마 전 한 평
론집 서문에서 만난 시총詩塚은 왜 그리 내 가슴을 먹
먹하게 짓눌렀던가. 경북 영천시 자양면 성곡리 산
78번지, 백암 정의번의 무덤. 백암공은 임진왜란 때
경주성 전투에서 적에게 포위된 아버지와 나라를 구
하려 왜적과 싸우다가 장렬히 전사하였다. 훗날 시신
을 찾을 수 없어 그 아비가 아들의 옷과 갓을 들고 경
주 싸움터에 가서 초혼하여 빈소를 마련하고, 생전에
뜻을 나누던 지우知友들의 애사哀詞를 모아 관에 담아
온 게 시총의 연유다.

　수소문하여 찾아간 기룡산 기슭 십만 평 영일 정씨
문중 묘역. 장방형 묘역에 돌올하게 솟은 80여 기의
무덤들이 거대한 책 속의 무슨무슨 글자들만 같다. 시
총을 찾아가 비문을 손으로 짚어가며 찬찬히 읽고는
엎드려 절한다. 무덤 속에 있을 여러 편의 시와 공을
추모하며 봉분을 둘러보는데, 홀연 나비 두 마리 무덤

을 열고 푸르륵 날아오른다. 나비 허공으로 날아간 궤적에 일순간 펼쳐진 문장을 나는 보았다. 〈사람의 마음은 빛보다 빠르고 태산보다 크나니, 육신이 없어져도 마음은 남아 시공을 초월하여 통한다.〉 무덤 속 백암공과 지우들이 남긴 시들도 나비처럼 날아올라 하늘의 별로 빛나는가. 어둠이 깔리니 열사흘 달빛 아래 하늘의 별과 땅 위 시총의 상응이 무한정 좋다. 시공을 건너는 저 시들은 비바람 세월에도 지워지지 않겠다. 무덤 속 하얀 언어들 흩날리는 꽃잎처럼 자꾸 내게로 건너온다.

*정진규 시인의 시집 『공기는 내 사랑』(책만드는집, 2009)에서 언총言塚을, 그리고 박현수 교수의 평론집 『황금책갈피』(예옥, 2006)에서 시총詩塚을 만나 이 시를 쓸 수 있었다.

개밥바라기총塚

    시총詩塚 바로 앞자리에 작은 무덤 하나 놓여있다. '충노억수지묘忠奴億壽之墓', 영일 정씨 문중이 임진왜란 때 왜적에 붙들려간 주인을 구하려 적진에 뛰어들어 장렬히 전사한 노비를 어여삐 여겨 문중의 하천묘역 안에 고이 모셔놓은 것. 함께 죽은 주인의 무덤 시총보다 턱없이 작은 게 얼핏 보면 개집 같고 무슨 단추 같기도 하다. 이 작은 무덤의 사연을 세상에 내민다. 시총에 시가 들어있다면 노비 억수의 무덤에는 무엇이 묻혀 있는가. 시총의 주인처럼 노비 억수의 시신도 찾지 못했다면 이 무덤 속에는 대체 무엇이 묻혀 있는가. 마음이겠다. 주인을 구하려는 노비 억수의 마음, 그의 죽음을 안타깝고 고맙게 여긴 영일 정씨 문중의 따스한 마음을 묻었을 터. 그렇다, 이는 심총心塚이다. 마음은 사람을 움직이게 하여 세상의 빛깔을 바꾼다. 또 마음의 깊은 자리는 세월을 넘어 이승과 저승에까지 이어져 썩지 않는 끈이 된다. 주인의 무덤 시총 앞 '충노억수지묘忠奴億壽之墓'는 초저녁 초승달 위에 피어난 별, 개밥바라기를 닮았다. 개밥바라기총塚이라 이름을 붙여드린다. 시총과 개밥바라기총 어울림의 앉음새가 하늘의 그림 같다. 개밥바라기총, 세월이 가도 그 자취 없어지지 않고 빛도 잃지 않겠다. 총, 총,

수를 놓다

그러니까 까닭 없이 답답하고 우울하면
세상에 나를 내보낸 인연이 그리워
태어나고 자란 경북 청도군
금천 지나 매전 장연리 마을 찾아간다

동곡재 마루에 올라서면 멀리 황사 속
겹겹의 산 능선들 눈앞에 마주 선다
병풍같다
그냥 무릎 꿇고 절하고 싶다

병풍에 새겨진 그림은 내 아버지의
아버지 아버지들 누대 삶의 수繡
저 속으로 걸어가고 싶다

병풍, 손으로 만져볼 수 없는 저기
아버지 마중 나오는 소리가 있다
언젠가 나도 내 아들도 가서

병풍 속의 수繡 하나 또 놓을 것이다

건너가다

포항의료원 중환자실 심장과 폐, 신장 몸 다 망가진 채 건너가려고 며칠 째 저리 사투를 벌인다 넉 달 전, 마누라 먼 곳 떠나보내고 눈물로 하루 또 하루를 보내다 이젠 기어이 먼 길 건너가려 한다 육신의 고통 극에 달하는지 여든 다섯 노인이 아이처럼 엄마, 엄마를 부르다 정신을 놓고 다시 봉순아! 마누라 이름 부르며 꺼억, 꺽-꺽, 숨넘어가는 우리 장인 볼 수도 없고 울지도 못한다 나는, 가능만 하다면 어서 건네주고 싶다 몇 시간 후, 고요히 입적에 든다 제 혼자서 산소마스크 심장박동기 내던지고 호呼와 흡吸의 사이마저 다 지우고 적멸로 가는, 저 일대사一大事, 노을보다도 장엄하다

합장合葬

둘레 산세가 꼭 연꽃 모양같이
포근한 대전현충원에
한 줌 뼛가루의 장인, 장모를 모신다

자기한테 가는 길이 참 힘들더라
그러셨는가요 수고했어요, 당신
또 한집에 이렇게 살게 되는군요
마누라, 다시 손잡아주니 고맙소

뼛가루를 담은 두 개의 항아리
땅 아래 곱게 모셔두고
세상에 덜렁 남은 못난 자식들
순서대로 흙을 덮고 두 번 절하고
일어서니, 집 한 채 다시 지어졌다

| 육군병장 박정갑의 묘 |
| 배위 신봉순 |

페이스북에서 시를 줍다

소셜네트워크 페이스북 친구 나병춘 시인
2012년 9월 17일
페이스북에 올린 사진 한 장 보다가
슬쩍 시 하나 줍는다

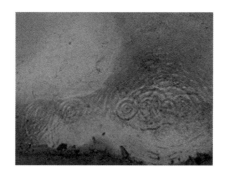

처마 아래로 떨어지는 낙숫물
그 동심원, 골똘히 쳐다보니
상원사 동종이나 에밀레종
오래된 종 표면에 새겨진 천상의 무늬다

그런데 저 종은 그냥 종이 아니다
둥, 둥, 둥
둥근 소리를 자꾸 퍼내는
땅, 지구의 겉가죽이다

저 종을 치는 이 누구일까?
구름이 밀고 오는 비
하늘에서 달려오는 우주의 당목撞木이다

음악

2012년 9월 19일 중앙일보에서 본
〈변선구 기자, 이달 보도사진상〉

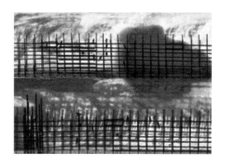

철책 울타리 여기저기에 앉은 참새들
'짹짹짹! 음표가 된 참새'
맞다, 두 채의 온전한 악보다

저기서 누가 후루룩 날아가 버리면
둥근 화음은 곧장 깨져버리는 건데
8남 2녀의 큰집과 3남 4녀의 우리집

슬픈 가족사진 같다

오래 전 훌쩍 먼곳으로 가버린
사촌 형님 종노, 종일, 종화 그리고
내 동생 종식, 다들 지금 어디에 있나?

음악의 시간표는 자꾸 흘러만 간다

이총耳塚, 댕강무디

사천 팔경 유람하는데 어디서 누가
댕강무디*
댕강, 댕강, 댕강무디라 말한다
정신이 번쩍, 이 무슨 말인가

도요쿠니신사 앞 사백 년 천하게 버려진
십이만 육천 생목숨의 귀무덤
임진왜란 때 왜적 칼에 댕강댕강 베어져
소금 절인 전리품이 된 선조들의 귀
신사 앞 왜놈 땅 사백 년 지나도록
서럽고 서러운 한 풀 수 없는 것

사천에 그 귀무덤 모시고 온 것
옳다
마음은 빛보다 빠른 것이니
저, 피맺힌 원한의 댕강무디
진정 보듬어 안고 가야만

설운 땅 해원解寃의 봄풀 끝내 피어난다

*댕강무디: 경남 사천시 선진리에 있는 귀무덤, 즉 이총耳塚이다.

콩자반잡곡밥

아침에 숟가락으로 밥을 먹는데
어, 밥이 조금 짜다

내가 어제 흥해시장 소희네반찬에서
사 온 검정콩자반을
물에 불려놓은 검정콩으로 잘못 알고
밥솥에 넣은 것이다
아내는 어쩔 줄 몰라 완전 울상이다

새로 밥하려는 아내에게 그러지 말라고
밥 속에 반찬 들어있으니
이것도 그냥 좋다고 말린다

정년 가까이 늙어가는 아내는
말년에 깜빡 무얼 잘 잊어먹던 장모님
점점, 많이도 닮아가는 것만 같다

여보, 잠깐만 오늘 우리들 아침밥상에
돌아가신 장모님 다녀가신 것 아닌가?
외양도 부처님 닮아 인자하기만 했던
우리 장모, 신봉순 여사가 보고 싶다

청도清道

신라 원광법사가 두 화랑에게 세속오계의 법法을 전한 곳이 경북 청도군 운문면에 있었다는 가슬갑사 부근이라네 그래서 청도를 법도法道가 전해진 곳이라 하네 우격다짐의 말씀이 아니네 전국의 군 이름 가운데 도道라는 글자를 안고 있는 곳은 눈 씻고 찾아봐도 청도뿐이네

연산군 때 무오사화로 화禍를 입은 백형伯兄과 중형仲兄의 귀양지를 오가는 길에 헛헛한 마음 쉬 다스려지는 청도로 거처를 옮긴 입향조 이육李育 할아비는 맨 처음 터 잡은 화양읍 유등의 집 앞에 예부터 있던 연못을 넓혀 연蓮을 심고 군자정君子亭 세워 청도의 도道를 높이고 이어갔다네 그 아래 자손들 선조의 가르침 받들어 임란과 일제 때 목숨 걸고 나라 구했네 세월이 흘러도 그 혈맥들 높은 곰티재 넘고 맑은 동창천 거슬러 매전과 금천, 운문으로 또 가례와 길명으로 이어져 와글와글 서로 정 나누며 산다네

꽃 피고 열매 열리듯 동네방네 멈춤 없는 혈맥과 사랑의 흐름, 그것이 도道의 본얼굴이네. 내 고향 청도淸道는 그런 곳이라네

이육 할배가 청도로 간 까닭?

고성 이씨 청도 입향조 모헌공 이육 할배가 경북 안동에서 살다가 청도 화양 땅에 살게 된 연유는 연산군 때 무오사화, 갑자사화로 백형伯兄 쌍매당 이윤은 거제도로, 중형仲兄 망헌 이주는 진도에 유배를 가서, 두 형을 찾아서 가고 오다 인연이 닿은 것일 터, 그럼 청도 화양 유등리에 14대조 저 할배가 연못을 크게 넓혀 연꽃을 심어 유등연지를 만들고, 못 안에다 군자정 정자를 세웠던 까닭은 무엇인가, 그 의문이 수년간 오래도록 풀리질 않았는데, 유등연지에 연꽃이 만발하던 어저께 당신과 모헌정사 마루에 앉아 연꽃 내려다보면서 그 까닭을 알아냈느니, 풍비박산된 집안의 슬픔 그 허허로운 마음을 먼 데 비슬산에 펼쳐져 있는 비슬琵瑟의 몇 가닥 현絃 위에다 무량의 붉은 연꽃 몇 송이 얹어 달래려 함이었던 것일 터. 나는 다만 어디 먼 데서 마음으로 전해오는 문장의 말씀을 펼쳐 놓기만 한 것일 뿐.

자화상 自畵像

길은 늘 목마르다

문門 열어라 꽃아*
목을 놓고 노래를 부르다가

연蓮꽃 만나고 가는 바람같이**
너의 집
담 몰래 타넘고 빠져나가는

바람처럼 나는 간다

독락당獨樂堂은 바람 속에 있으니
나는 또
바람 속을 걸어가야만 한다

* 서정주의 시 「꽃밭의 독백」
** 서정주의 시 「蓮꽃 만나고 가는 바람같이」

마이산

내 아직 한 번도 들어가 보지 못한
전북 진안의 마이산馬耳山
호주 시드니 오페라하우스는 비교가 안 되는
세계 제일의 자연 음악당이다

동봉 수마이봉(667m) 서봉 암마이봉(673m)
쫑긋쫑긋 두 귀때기
저 속으로 세상 어떤 소리도 다 들어가서
저장된다고 한다 저 슾에서 빚어지는
음音과 악樂을 들으려
수준 높은 관객들 발길이 연중 끊이지 않는다
볕 좋은 봄가을 이 자연 음악당 앞에는
청중을 태우고 온 관광버스가 줄을 잇는다고

한 번 저 음악당을 나도 찾아가야겠다
가서 기도하듯 음악을 듣고서
마이마이 두 귀

내 가슴에 커다란 귀 매달면 노래는 그냥,

삼인행三人行

그러니까 어제 말고 그저께
2017년 2월 1일 저녁 6시 57분
대동고 운동장 너머 서북쪽 하늘

    초승달
        −화성
            −금성

일직선 위로 또렷이 보였다 보았다

그런데 두어 시간 지나서 보니
달과 별, 별과 별 그 사이
점점 멀어지고 또 희미해지고 그러다
서로서로 저마다 흩어지고 말았다

같은 부모 슬하 삼 형제로 왔던 우리들
이종진−이종암−이종식

동생 식이만 17년 전 먼 데로 먼저 갔다
무지막지 무례한 시간이 닥쳐오면야
형님도 나도 곧장 네게로 가는 것이겠지만
저 별들처럼 지금, 여기
세 사람이 가다 한 사람이 없으니
허공의 옆자리가 그토록 시리고 아프다

하늘예금

포항시 신광 원법사 운보雲步 큰스님
일요가족법회 설법하실 적마다
그 특유의 심한 사투리를 섞어서
우짜든동 하늘예금 많이 자꾸자꾸 하시라꼬
이렇게 힘주어 말씀하신다

내 몸뚱이 남보다 더 굴리고
내 마음 남보다 더 낮추어
타인과 세상이 환한 웃음 짓게 만드는 일
그게 하늘예금이라고

일체의 부정도 있을 수 없고 도둑이나
깡패 그 누구도 빼앗아갈 수 없는
낮으면서 높은 하늘예금 자꾸 하시라는
시간 날 때마다 주문의 말씀 성화다

요즘은 아날로그가 아니라 디지털시대라

그 예금은 곧장 자기 살아생전 자식들이
분명코 오롯이 다 찾아먹는 것이라고
부디 하늘예금 많이 자꾸자꾸 하시라고
시주 말씀은 없고 하늘예금만 독촉하신다

제3부

별

시인의 엄마

입 주변까지 번진 대상포진으로 고생하는
여든 일곱의 우리 엄마, 손순연
37도 무더위에도 지치지 않고 꿋꿋하다

오랜만에 안부 전화를 드리니
"우리 선상님, 어데 멀리 외국 나가셨든게?"

이리 무더운데 요새 뭘 드시느냐 하니
"내사 하늘의 별 따다 안 묵는게." 하신다

면구스러움에 앞서, 그것 참!
초등학교도 못 나와 한글도 모르는 분이
외국 유람은 어찌 알고
하늘의 별 따다 먹는 것은 또 어찌 알까?

시인이랍시고 까불락대는
헐거워진 내 언어가 다시 탱탱해진다

피아노를 치던 여자

―K에게

너는 공중의 빗방울을 파종하는 구름*

시인의 시구를 읽다가
문득 생각났다, 오래 전의 그 여자
이십 년이 지나 겨우 지울 수 있었는데
장맛비로 흠뻑 가슴이 다시 젖는다

태풍 지나간 칠포해수욕장
물결무늬 모래를 밟고 먼 데를 보며
저 바다 건너서라도 함께 길 가자던
마지막 그날
모래펄에 쓰러진 나무의자에 앉아 너는
피아노를 치고 푸른 노래를 나는 불렀지

피아노 소리 바다에서 들려온다
나를 지나간 네 물결무늬 자국
쿵, 쿵, 쿵 돋을새김으로 일어서서

*장석주 시 「고양이」에서

시론詩論

3학년 9반 교실 '독서' 수업 시간, EBS수능특강 언어영역 60쪽 황동규 선생의 시 「퇴원 날 저녁」을 가르치다가 "주인이 나오기 전에/배터리 닳지 말라고 속삭인다."에 밑줄 그으라고, 시인은 저렇게 배터리 닳아가는 자동차에게도 말을 건네는 사람이라고, 그래서 시인은 위대한 거라고, 아이들에게 받아 적으라고 윽박지른다. 괄호 열고, 우리의 이종암 시인 또한 위대하다, 괄호 닫고. 내 말이 끝나자마자 아이들은 에이, 웩웩, 책상 두드리고 고함지르고 교실이 완전 난장판이다. 아니다 야들아, 진짜라니까. 내 말 못 믿는 사람, 수업 마치고 교무실로 와서 봐라. 내 책상 위 물컵 속에 며칠 전 화단에서 꺾어온 매화 활짝 웃고 있단다. 그거 내가 자꾸 좋아한다, 사랑한다고 말 건네서 활짝 웃으며 꽃 핀 거라니까.

시詩라는 건 세상에 말 걸기이다. 수업 끝.

흑흑, 홍홍, 희희낙락
— 연분홍축구단

포항의 문인축구단 연분홍FC 소속 11번 이종암 선수는 최전방 공격수인데요. 지난 시월 중순 경남 하동에서 열린 2017토지문학제 행사의 하나로 서울에서 내려온 글발축구단과 시합을 가졌는데, 그 경기에서 두 골이나 넣는 활약을 펼치면서 연분홍축구단이 승리하는데 혁혁한 공을 세운 스트라이커이구요. 큰 경기에 앞서 주말과 주중 관계없이 학교 학생들과 맹훈련으로 운동장에서 공을 차고 또 차서 그런지, 승리를 하고 돌아왔지만, 그저께 대중목욕탕에서 왼쪽 엄지발가락 발톱이 시커멓게 먹빛으로 바뀐 것을 보았는데요. 한 달 전쯤에 봉숭아꽃물을 들인 약지와 새끼손가락의 선홍빛 손톱과 기막힌 대조가 아닐 수 없네요. 더구나 발가벗은 몸 아래는 흑흑黑黑이고 위는 홍홍紅紅. 그걸 보고 늦게 또 하나 깨닫는데요, 연분홍 봄바람은 검은빛 겨울나무를 지나서야 오는 것이라 흑흑 위에서만 홍홍이 있다는 진리를, 그런 연후에 희희囍囍, 희희낙락喜喜樂樂 있는 걸.

곡옥

큐빅 떨어져 나간 아내의 머리띠 고치러
롯데백화점 가는 길
차도 막히는데, 서라벌의
하늘거리는 선덕여왕의 치맛자락
금관 장식의 옥색 곡옥이나 보러갈까

지난해 경주박물관 특별전에서 본
곡옥曲玉
그 쉼표,
내 뱃속에서 꿈틀꿈틀
자꾸만 자라고 또 자라네

곡옥을
바람의 흐름, 풍류라 말한 옛사람 말씀
하나도 틀린 말이 아니어서
곡옥과 곡옥이 합일合一하는
우주의 춤사위가 태극太極이다

그렇지,
옆자리에 누운 해사한
아내의 웃음도 곡옥,

그냥은 없다

― 시인 강은교의 말대꾸

청하 내연산 진경眞境을 조선의 백운거사 옹몽진이 발견한 이후 귀암 이정, 해월 황여일, 보경사 스님 의민, 청성 성대중, 대산 이상정 등이 시와 문장을 두루 남겨 세상에 조금 알려졌지만 겸재 정선이 청하 현감으로 내려와 두어 해 남짓 살면서 '내연삼용추도內延三龍湫圖'를 그려 더욱 알려졌다

지난 2월 마지막 주말 부산 사는 친구 배재경 시인이 강은교 선생과 동료 시인들 몇 모시고 포항으로 왔다. 다른 길로 나서는 화가 이형수, 수필가 김희준을 불러 함께 그들을 맞이하여 내연산 비하대飛下臺 아래 12폭포로 안내하였다 새로 정자를 세운 선열대禪悅臺까지 올라갔다가 내려오는 도중 적멸암寂滅庵 터에서 잠시 쉬고 있을 때 소르르 수르르 쏴르르르 쏴아― 솔바람 소리가 지나간다 "오, 줄 없는 거문고[無絃琴]다!" 일행 중 누군가 큰소리로 말하였는데 곧장 강은교 시인이 말대꾸를 하셨다 "저 아래 계곡의 크고 작은 주름들, 능선의 소나무와 잡목의 가지가지

들 그 모두가 현絃이 아니고 뭐겠습니까?" 수필가 김희준이 소나무 우레[松籟]라는 멋진 말씀을 더 보태었지만 제대로 일어서지 않았다 세상 모든 일 괜히, 괜히 그냥은 없다

본색本色

화장실에서도 쫓겨나와 담배를 피운다
겨울이라 얼얼얼, 덜덜덜 엉거주춤
학교 울타리 바깥에 서서

직원회의 때
나이스 접속을 접촉하라고 하여
동료들에게 한바탕 웃음을 선사한
늙은 연구부장도 친구 강 선생도
서글프게 같이 담배 피우다가
본다

꽃샘추위 때문인지 울타리 동백이파리들
여기저기 쭈글쭈글 시들시들하지만
그래도 꽃 피우려는 시동에 겨워하고 있다

품고 있는 아직은 단단한 꽃맹아리
끝내 붉게 피워 올리기 위해

시린 하늘 열고 접촉하여 스스로를
놓아버리는 것, 그 우주의 접속

그래, 접촉하고 접속하는 일이
곧 생명의 본색 아니던가

동강할미꽃과 별

산 높아 물 깊은 강원도 영월
사월 봄날 동강 벼랑바위에
동강할미꽃 별처럼 뾰족뾰족
핀다 자주 보라 분홍 하양으로
또 연자주 연보라 연분홍 연하양
색깔도 크기도 모양도 여럿이다

잿빛 석회암 절벽에 핀
밤하늘 불 밝힌 별 모양 그대로다

동강할미꽃 저 별은 동강이 아닌
서강의 벼랑바위에도 피어난다
대구 시단의 동강이요 서강이었던
「동강의 높은 새」*를 쓴 시인도
「동강할미꽃」**을 쓴 또 다른 시인도
내게는 모두 다 밤하늘의 별이었다

육십 가까이 살면서 내게
뜨거운 사랑을 주던 사람도
견디기 힘든 분노를 안겨주던
세상 그 누구도 다 내게는 별이었다
어둔 길 밝혀주는 동강할미꽃

* 문인수 시인의 시
** 이하석 시인의 시

이래저래

어렵게 취업한 아들 녀석이 사다 준
안마의자를 서재에 들여다 놓으면서
거실 방향 아님 바깥쪽 어디가 좋은지
고민하는 아내를 구박하며 금방
시인은 창밖의 달을 봐야 하는 거라며
달 지나는 창 바라보는 쪽으로 돌려놓는다

햇살이 너무 부셔 거실벽에 걸려있던
겸재 정선의 「인왕제색도」 영인본 족자
창에다 옮겨다 놓으니 안성맞춤이다
낮에는 햇살 밤엔 달빛이 뒷배가 되어
옛 그림 배후로 있으니 그 풍광 참 좋다

겸재의 진경산수화를 방 안에 누워 즐긴다
뜻으로 옛사람은 '와유臥遊'라 논했다는데
최신형 안마의자에 앉아 그야말로
허공에 누워서 편안하게 옛 그림 즐기느니

내사 그 옛날의 선비 정승도 부럽지 않네

겸재가 청하 현감으로 두어 해 와 있을 때
지역의 명소를 그린 「내연삼용추도」나
『교남명승첩』 그림 몇 점도 복제로 받아와서
눈 앞에 줄지어 놓고 이래저래 놀고도 싶네

라다크 바람에 붙들린 사내

─화가 이상열

라다크 도시 '레'를 담은 사진 한 장에
온몸 그대로 감전되어 미쳤던 것이다
물어 물어서 처음 히말라야 서쪽 나라
인도 서북부 라다크로 들어갔다고 한다
여섯 살 아들과 연약한 아내도 데리고
뭔 일이 잘못되면 거기서 영영 정말로
눌러살겠다는 심정 하나로 갔다는데

바람 잔뜩 머금고 있던 오방색 깃발에
혼절하여 갔는데 가서 보니 또 혼절이다
해발 3,000~4,000미터 고산지대
가파른 벼랑과 바람뿐인 척박한 땅
소수의 사람들 하늘과 신을 경배하며
하늘과 신을 가장 많이 닮은 모습 그대로
그렇게 온전히 살아가는
라다크 사람들과 그 풍광들로부터

라다크 지역의 충실한 새 신도가 되어
라다크의 풍광과 그 사람들의 바람[願]
칡뿌리, 나무젓가락 빻아 만든 붓의 먹물로
전하는 그의 오체투지는 멈춤 없이 간다

함께 눈부신 각각들

각각의 것들로 함께 빛나는 처소가
있네, 천년 고찰 창녕 관룡사에는

절 뒤 구룡산 병풍바위는 병풍바위대로
위풍당당 대웅전의 기세 오롯이 내보이려
대웅전 앞 한쪽 비켜 앉은,
세상에 단 한 칸짜리의 작은 약사전
그 약사전 덩치 맞춤인 듯 아이들 키 높이
약사전 앞마당 삼층 석탑은 석탑대로

절 뒤편 거대한 바위 산마루 용선대와
그 위 동쪽을 향해 앉은 석조여래좌상
중생을 향한 밤낮없는 설법 때문인지
살짝 입술이 부르튼, 그러나 참 미남자의
용선대 석조여래좌상은 석조여래좌상대로

또 용선대 저 아래 먼 데 산마을과 길

용선대 석조여래좌상 머리 위 푸른 하늘
모두 그들대로 낱낱으로 온전히 눈부신
관룡사를 이루는 그 각각들
오대산 상원사 영산전 앞마당에 세워진
폐탑 석탑을 이루고 있는 돌덩이들처럼
뽐냄도 없이 조화 속에서 함께 부신

거조암 영산전 오백 나한상

삼국유사 전문가 고운기 시인이 대구의 이하석 시인의 안내로 은해사 거조암 영산전에 들러 기찬 시를 한 편 썼는데요 나도 그런 시 하나 써보려고 먼 데서 일부러 온 친구랑 영산전 오백나한상을 둘러봤는데요 처음에는 나와 똑 닮은 나한상이 안 보여요 다시금 천천히 오백나한들과 눈을 맞추면서 곰곰이 올려다 보니 문득 다섯 분이나 내 가슴 속으로 들어오시는데요 그런데 또다시 영산전 내부를 천천히 둘러보다가 오백스물여섯 분 나한의 모습 모두가 내 얼굴 같다는 생각이 드는데요 어렵게 아이를 얻은 기쁨에 찬 듯, 동생과 부모를 잃고 슬픔에 젖어 든 듯, 배가 고픈 듯 부른 듯, 부끄럽고 쑥스러운 듯, 뭔가 깨달은 듯 각양각색 내 삶의 순간순간의 모습들 바로 저 오백 석조 나한상의 모습이다 싶은데요 그래요 삶의 매 순간마다 생사를 초월한 나한들처럼 꿋꿋하게 길을 걸어가야 한다고 다짐은 하면서,

구름감별사

예순도 안 되어 다니던 직장도 작파하고
세상 떠돌며 세월 따라 잘도 놀고 있는데
일흔을 훌쩍 넘긴 이남미 큰누부야는
다른 일자리라도 새로 알아보라 성화지만

다시 돈 벌려고 노동하고 싶지는 않네
굳이 일자리 하나 알아본다면 저 하늘의
구름관찰사나 구름감별사는 어떨까 몰라

시간이나 장소, 보수에도 연연하지 않는
서로 시시때때로 뭉쳤다 흩어졌다 하면서
별별 모양으로 빚어지는 기찬 구름들과
온종일 놀기만 하는 구름관찰사보다는
땅 위 개별 꽃들에게, 동물과 인간들 품에
잘 어울리는 구름 짝지어주는 그런 일의
구름감별사면 다시 이력서를 써볼까도 싶네

감변勘辨

한국전쟁 직후, 버리는 것이 도를 닦는 것이라며 해우소解憂所라는 이름의 단어를 처음 세운 경봉鏡峰 스님, 밤잠 안 자고 용맹정진 수행과 격외의 걸림 없는 사자후 토해내니 그가 살짝 돌았다, 미쳤다 등등의 세상 사람들 입방정에 올랐다 그러자 법 형제 전강田岡 스님이 통도사 극락암을 일부러 찾아가서는 짚고 있던 지팡이로 땅에 동그라미를 그려놓고 "그대가 이 원 안에 그냥 들어가 있어도 죽을 것이요, 원 밖으로 나와도 죽을 것이로다" 한즉, 경봉 스님이 들고 있던 부채를 펴서 그 일원상一圓相 쓱쓱쓱 지워 물리치는 시늉을 하며 울타리 없는 허공을 바라보며 허허허 호탕한 웃음을 날려 보냈다는 이야기의 그,

*감변(勘辨): 수행자의 역량이나 근기(根機)를 점검하는 문답. 불교 서적『임제록』을 구성하는 목차의 한 이름이기도 하다.

사자 대가리가 부처다

자장율사가 당나라 청량산의 문수보살한테서 부처님 진신사리 얻어와 우리나라 땅 다섯 곳에 갈무리해 놓은 5대 적멸보궁은 아시지요? 오대산 상원사, 태백산 정암사, 영축산 통도사, 설악산 봉정암 그리고 사자산 법흥사인데요 그런데 부처님 유골은 법흥사 어디에다 모셔다 둔 것인가요? 적멸보궁 뒤편 토굴 석분 어디다, 아니다 법흥사 부도탑이다, 그것도 아니다 사자산 연화봉 어디다 등등 의견이 분분한데요, 식구랑 동서 내외랑 그곳에 직접 가서 보고 느낀 바인데요, 자장율사가 가져온 진신사리를 덮고 있던 것이 적멸보궁 뒤 사자산 꼭대기 사자머리 모양의 커다란 바위라서 사자 대가리를 제대로 보는 것이 부처를 보는 것이라고 내가 큰소리를 한번 질러보는 것인데요 그 사자 대가리가 아무한테나 잘 보이질 않는데 적멸보궁 참배하고 돌아나오면서 제 가슴에 살짝 부처가 들어앉는 순간, 냅다 고개를 돌려 먼 데 사자산을 바라다보면 거기 부처가 어홍— 하고 나타난다는 것이지요

해설

무구無垢의 서정

신상조(문학평론가)

오로지 도끼 한 자루를 들고 월든 호숫가를 찾은 소로우처럼, 시라는 도구만으로 자본이 울울창창한 세상을 걸어가려는 의도적 실험은 무모해 보인다. 21세기인 오늘날, '꽃'이나 '별'-'총'은 그렇다 치고-을 노래함은 현실을 도외시하는 맹목적 서정이 아닌가? 이종암의 시를 읽으며 떠오르는 질문들이다. 이에 대한 답은 잠시 미루고, 시의 새로움에 대해 먼저 이야기해보고자 한다. 『꽃과 별과 총』의 1부에 수록된 「육화산」은 이종암 시의 새로움이 가지는 성격을 빗대어 드러낼 수 있는 작품이다.

어느 날, 시인은 "고향집 대청마루에서 날이면 날마다/ 고개 들고 바라보던 육화산六花山"을 "불혹도 한참 지나서야 처음"(「저마다, 꽃」)으로 오른다. 주

지하다시피 자연은 심미적 대상이 될 때 풍경이 된다. '날마다 바라보던 육화산'은 시인에게 매우 익숙한 자연이자, 그의 내면이 고스란히 투영된 풍경이다. 그런데 우리는 시인이 눈으로 바라만 보던 육화산을 처음으로 올랐음을 상기할 필요가 있다. 시의 새로움은 한 번도 가지 않던 길을 가는 일이고, 눈으로만 익숙하던 산을 오르는 경험은 시의 새로움에 비유할만하다. 이번 시집에 수록된 「윤슬에 대한 고찰」을 빌려 말하자면, 그의 시는 자연에 대한 고찰이 세계의 발견과 깨달음으로 이어지는 틀을 가진다. 자연에 귀 밝고 사물에 눈 맑은 시인은 자연 사물로부터 "엉겁결에/ 한 소식 받아 적"(「저마다, 꽃」)거나, "사천 팔경 유람하"다 말고 "정신이 번쩍, 이 무슨 말인가"(「이 총耳塚, 댕강무디」)하고 그 소리에 귀 기울이는 일에 매번 진심을 다한다.

시인에게 어제의 육화산이 추상적 관념인 반면, 오늘 새로이 발견하는 육화산은 구체적 특수성을 띤다. '익숙한 산–새로운 산'은 '익숙한 관념–새로운 감각'의 은유다. 눈으로 익숙한 육화산을 몸으로 처음 경험하듯, 그의 시는 이전에 없던 인식과 깨달음으로 가득하다. 시인이 과거로부터 지금까지 대상들과 '함께' 시를 써나가는 중이기에 가능한 일이다. 그의 시는 어제와 다른 삶의 모습을 진실하게 드러냄으로써 보편적이면서 새로운 문학적 진실을 구현한다. '도시적 감수성이 전무한 시=맹목적 서정'이라는 회의는 도식적 기우에 불과하다.

*

1. 꽃

『꽃과 별과 총』은 총 3부로, '꽃'과 '별'과 '총'이라는 세 가지 키워드를 중심으로 이루어져 있다. 이종암 시의 특징은 자연을 창의적 상상력으로써 들여다보려는 태도로 충만하다. 자연은 시인의 사유와 인식을 구체화하는 실존적 공간이다. 그가 '사월 산길'(「저마다, 꽃」)을 걷든 '바닷바람 드센 호미곶'(「구만리」)으로 소풍 갔든 그 여정은 자연에서 얻은 발견과 깨달음의 기록으로 고스란히 남는다. 흔히 자연을 대상으로 하는 시가 그러하듯, 시의 전반부에서 자연을 통찰한 끝에 발견과 깨달음의 후반부로 이행하는 방식은 이종암의 시에서 중요한 등식으로 기능한다. 시상 전개의 방식이 이러하다면, 자신의 발견과 깨달음에 기교와 수식을 더하지 않는 것 또한 이종암 시의 덕목이다. 일상의 평이한 소재와 용어를 사용하는 그의 시는 가독성이 높다. 굳이 분석하거나 설명할 필요 없이 잘 읽히면서 세계에 대한 깊은 이해와 미학적 완성도를 놓치지 않는다. 우리는 다만 그의 시집을 바삐 열고서 감동과 공감의 즐거움을 누리기만 하면 된다. 그 첫 번째 낙을 누려보자.

> 사월 산길을 걷다가, 엉겁결에
> 한 소식 받아 적는다
>
> -저마다, 꽃!
>
> 연두에서 막 초록으로 건너가는
> 푸름의 빛깔 빛깔들 그
> 제 각각인 것 모여, 사월 봄 숲은
> 그윽한 총림叢林이다
>
> 참나무너도밤나무개옻나무고로쇠나무단풍나무
> 소나무오동나무산철쭉진달래산목련아까시나무때
> 죽나무오리나무층층나무산벚나무싸리나무조팝나

무서어나무물푸레나무⋯⋯,

　꽃을 가졌거나 못 가졌거나
　몸의 구부러짐과 곧음
　색깔의 유무와 강약에도 관계없이
　오롯이
　함께 숲을 이루는 저 각양각색의
　나무, 나무들

　사람들 모여 사는 세상 또한, 그렇다
　저마다 꽃이다

─「저마다, 꽃」 전문

　　화자는 "사월 산길을 걷다가" 자연이 전하는 "한 소식"을 '엉겁결에 받아 적'노라 고백한다. 자연이 전하는 소식에 화자가 귀 기울인다는 건 자아와 대상 사이의 거리가 무화되었다는 증거다. 자아와 자연의 심리적 상호 작용, 즉 자아와 세계 간의 '거리 결핍'이 「저마다, 꽃」의 서정성을 담보한다.
　　시집의 서시에 해당하는 「저마다, 꽃」은 본래의 모습 그대로 어울려 살아가는 삶을 예찬하는 노래다. "꽃을 가졌거나 못 가졌거나/ 몸의 구부러짐과 곧음/ 색깔의 유무와 강약에도 관계없이" 모두가 "─저마다, 꽃!"이라고 전하는 자연의 소식을 화자는 받아적는다. 자연에 대해 말하는 시는 많으나 자연이 스스로 외치게 만드는 시는 드물다. 자연이 인간의 운명에 관여하고, 인간과 자연이 대등하게 언어를 공유하는 신화적 세계에 맥이 닿아 있다는 점에서 이종암의 시는 라캉의 상징계적 분별에 지배받지 않는다. 대신에 그의 시는 비논리적이면서 직관적인 상상계의 세계에 넉넉히 거주한다.

  '소식'에 따르면 이 세상에 존재하는 모든 생명은 '꽃'이다. 시인이 자연과의 교감에서 얻어진 섬광 같은 깨달음인즉슨 꽃으로 표상되는 존재의 아름다움인 것이다. '꽃'은 존재적 표상이자 시인이 제각각의 존재에 감탄하며 드리는 헌물이자 헌사다. 각양각색의 "나무, 나무들"이 모여 "그윽한 총림叢林"을 이룬 것처럼, 사람들 또한 본래의 모습 그대로 살아가더라도 그 아름다움은 이미 자족적이다. 시인은 이 같은 자연의 전언을 섬광 같은 순간에 직관적으로 받아들인다. 이성과 과학을 초월하는 마법적 순간은 시인에게 선물처럼 찾아온다. 시인은 이러한 발견과 깨달음을 가리켜 자연과의 '내통'이라 명명한다.

날이 새거나 어둡거나 상관도 없이
고향집 대청마루에서 날마다
고개 들고 바라보던 육화산六花山
불혹도 한참 지나서야 처음 올랐네

산굽이 돌아서고 올라설 때마다
저 멀리 발아래 내려다뵈는
동창천 강줄기는 푸르게 웃으며
내게로 달려오고
강 가까이 옹기종기 사람들 모여 사는
용전 길명 명대 북지 삿갈 호방
마을들 여기저기 꽃처럼 피어나네

산봉우리 여섯 꽃잎처럼 둘러싸여
얻은 이름 육화산인가?
산에 함께 올라간 어릴 적 친구들
종의 영자 용식 전열 명자 태봉이
동무들은 모두가 오래 정든 산 같고
꽃잎, 꽃잎, 꽃잎들만 같은데

확확대던 숨결 유야무야 싱거워지면

우리도 저 육화산 속으로 들어가서, 끝내

산의 부분으로 육화되는 것 아니겠는가

그 내통 위에 꽃은 또 피고 지고

—「육화산」 전문

　동천강 강줄기를 따라 옹기종기 모여 사는 마을들은 "용전 길명 명대 북지 삿갈 호방"이 여섯이고, 화자와 함께 육화산에 오른 어릴 적 동무들 역시 공교롭게도 "종의 영자 용식 전열 명자 태봉이"가 여섯이다. 생략과 함축, 비약으로 이루어진 시의 문법이 허락한 숫자일 터이다. 시인이 보기에 "동무들은 모두가 오래 정든 산 같다" 육화산에 오른 시인은 자연과 마을, 자연과 사람이 구분되지 않는 '내통'을 경험한다. 그런데 이 '내통'은 다름 아닌, 서정적인 자연과 소박한 풍광 속에 놓인 인간 한계에 대한 깨달음이다. "육화산 속으로 들어가서, 끝내/ 산의 부분으로 육화되"고 말 존재의 근원적 한계가 자연이 그에게 남몰래 전한 비밀이다.

　그러고 보면 시인이야말로 "확확대던 숨결 유야무

야 싱거워"지는 비밀을 가장 잘 아는 자일는지 모르겠다. 그는 "말라죽은 듯 검은 오동나무 가지에/ 보랏빛 오동꽃"이 "숭어리숭어리 몰려들"어 향기 짙을 때, "저 향기 위에 올라타면, 나는/ 죽은 동생도 만나는 그 찬란이 오는가"(「오동꽃, 찬란」)라며 '가슴 아픈 찬란'을 누리는 역설을 경험한다. 혹은 "나뭇가지에 꽃으로 피어나는 일도/ 꽃이 되어 풍경 속에 빛나는 일도/ 허공 속으로 미련도 없이 떨어지는/ 꽃들의 춤도" 실제는 "햇빛과 달빛에 비치어 반짝"이는 "윤슬"(「윤슬에 대한 고찰」)에 불과함을 인식한다. 아름답고 영롱하지만 실상 윤슬은 스러질 것도 없는 허상이지 않은가.

그러나 이종암의 시는 이러한 인간의 운명에 깊이 상처받지 않는다. 부재와 상실로 인한 인간 존재의 근원적 결여를 바라보는 시의 얼굴은 우수로 젖어 있기 마련이나, 그에게는 '시인과 아내 사이', 시인의 "이승과 저승 사이를 박아놓은" 외아들이라는 "닻"이 있어 만면에 가득한 웃음을 띨 따름이다. 물질적 풍요 속에서 삶의 덧없음을 노래하고, 일상적 피로감과 공허감을 이기지 못하는 사람들에게 주는 위안치고는 전혀 통속적이지 않다. 외아들을 가리켜 "나와 아내 사이에 핀 저 닻꽃"이라 칭하고, "연분홍 봄바람은 검은 빛 겨울나무를 지나서야 오는 것이라 흑흑 위에서만 홍홍이 있다는 진리를, 그런 연후에 희희囍囍, 희희낙락喜喜樂樂 있다는 걸"(「흑흑, 홍홍, 희희낙락-연분홍 축구단」) 깨달은 예술에는 참혹한 현실을 벗어나기 위해 열어놓는 백일몽으로의 도피가 없다. 메마른 우리들의 마음을 위로하고, 한순간이나마 따뜻한 세상을 경험하게 하는 것도 결국은 존재적 한계를 가진 인간이다. '꽃' 아니 '너와 나 모두'는 이종암의 시에서 가장 가치 있는 최고의 위치를 점한다.

2. 총

'총'을 모티프로 한 2부에는 표면적으로 세 개의 '총'이 등장한다. 여기서 총이란 권총, 기관단총, 소총 등의 'gun'을 말하는 게 아니다. 첫 번째 총은 '시총詩塚'이다. 이 시총은 "경북 영천시 자양면 성곡리 산 78번지, 백암 정의번의 무덤"이다. 시에는 정진규 시인의 시에서 "언총言塚"을, 박현수 평론가의 평론에서 "시총詩塚"이란 말을 만나 이 시를 쓸 수 있었다는 주석이 붙어 있다. 시인이 들려주는 '시총'에 얽힌 이야기를 알아보자.

> 말조심의 뜻으로 전해져오는 언총言塚을 어느 시
> 인의 시에서 만나고는 캬- 무릎을 쳤지. 얼마 전 한
> 평론집 서문에서 만난 시총詩塚은 왜 그리 내 가슴
> 을 먹먹하게 짓눌렀던가. 경북 영천시 자양면 성곡
> 리 산 78번지, 백암 정의번의 무덤. 백암공은 임진왜
> 란 때 경주성 전투에서 적에게 포위된 아버지와 나
> 라를 구하려 왜적과 싸우다가 장렬히 전사하였다.
> 훗날 시신을 찾을 수 없어 그 아비가 아들의 옷과 갓
> 을 들고 경주 싸움터에 가서 초혼하여 빈소를 마련
> 하고, 생전에 뜻을 나누던 지우知友들의 애사哀詞를
> 모아 관에 담아온 게 시총의 연유다.
>
> —「시총詩塚」부분

고인과 "생전에 뜻을 나누던 지우知友들의 애사哀
詞를 모아 관에 담아온 게 시총의 연유"라는 데서 시
적 비장미가 발생한다.

두 번째 총은 「개밥바라기총塚」에 나온다. 시총 바
로 앞자리에 놓인 작은 무덤이 바로 개밥바라기총이
다. 이 무덤은 "'충노억수지묘忠奴億壽之墓'"로, "영일

정씨 문중이 임진왜란 때 왜적에 붙들려간 주인을 구하려 적진에 뛰어들어 장렬히 전사한 노비를 어여삐 여겨 문중의 하천묘역 안에 고이 모셔놓은 것"이다. 시인은 "주인을 구하려는 노비 억수의 마음, 그의 죽음을 안타깝고 고맙게 여긴 영일 정씨 문중의 따스한 마음을 묻었을 터"이므로 이 무덤을 다시 "심총心塚"이라 명명한다. 그런 뒤 다시 이 무덤이 "초저녁 초승달 위에 피어난 별, 개밥바라기를 닮았"기에 "개밥바라기총"이라 부른다. 어울려 앉은 두 무덤의 모양새가 그림 같으려니와, "세월이 가도 그 자취 없어지지 않고 빛도 잃지 않"기를 바라는 시인의 기원이 '개밥바라기총'이라는 이름에는 들어 있다.

세 번째 총은 경남 사천시 선진리에 있는 귀무덤, 즉 "이총耳塚"이다. 원래는 일본 교토시 히가시야마구에 있던 무덤으로, 시인이 방문하고 온 이총은 현재 경남 사천시 용현면 선진리의 조명군총 옆에 세워져 있는 위령비를 일컫는다. '이총'의 원형은 일본 교토시에 있는 '비총鼻塚', 일본말로 하나즈카인 '코무덤'에서 유래한다. 교토시에 현존하는 '비총'은 400년 전인 정유재란 때, 도요토미 히데요시의 명령으로 조선인의 코를 베어다 묻은 무덤이다. 말만 들어도 섬뜩한

이 참상의 자초지종을 알게 된 한국 측에서는 1990년 부산 자비사의 박삼중 스님을 중심으로 코무덤의 흙 일부를 봉환하여 사천시의 조명군총 옆에 묻었다. 이때 코무덤을 나타내는 '鼻塚'이라는 비碑를 세웠어야 하지만, 귀무덤을 뜻하는 '耳塚'이라고 새겨둔 것이 현재도 문제로 남아 있는 상태다. 해서 시인은 사천 팔경 유람하던 귀에 들려오던 "댕강무디"란 말에 "정신이 번쩍, 이 무슨 말인가" 싶었다며, 이 무덤은 "진정 보듬어 안고 가야만" 할 선조들의 "피맺힌 원한"(「이총耳塚, 댕강무디」)임을 강조한다.

각각 다른 무덤 셋을 이야기하는 시인의 시에서 공통적으로 반복되는 단어는 '마음'이다. 먼저 「시총詩塚」에서 시인은 "홀연 나비 두 마리 무덤을 열고 푸르륵 날아오른다. 나비 허공으로 날아간 궤적에 일순간 펼쳐진 문장을 나는 보았다. 〈사람의 마음은 빛보다 빠르고 태산보다 크나니, 육신이 없어져도 마음은 남아 시공을 초월하여 통한다.〉"라는 독백조의 감탄을 적고 있다. 무덤을 이장할 때 파묘를 하면 나비가 나는 것을 볼 수 있다. 영화나 드라마에서 사람의 영혼을 흔히 나비로 묘사하는 이유다. 이 문장은 인용문 형식으로 들어 있다. 시인이 받은 감동을 독자도 느끼

도록 유도하는 장치다.

「개밥바라기총塚」에서도 '마음'에 대한 사유는 계속된다. "이는 심총心塚이다. 마음은 사람을 움직이게 하여 세상의 빛깔을 바꾼다. 또 마음의 깊은 자리는 세월을 넘어 이승과 저승에까지 이어져 썩지 않는 끈이 된다."라는 문장은 「시총詩塚」에서의 "육신이 없어져도 마음은 남아 시공을 초월하여 통한다"란 문장의 의미와 다르지 않다. 이 같은 '마음'의 영원성과 초월성은 다시 「이총耳塚, 댕강무디」에서 "마음은 빛보다 빠른 것"이라 반복되고 있다.

'마음'은 이종암의 시에서 존재적 보편성을 뛰어넘는 정신의 힘이다. '힘'은 육신과 시공을 초월함에서 비롯한다. 시인의 시에서 자연이 들숨이라면 날숨은 마음이다. '마음'은 그의 시가 가진 원형질이자 시혼詩魂의 고향과도 같다. 다음의 시는 '마음'에 천착하고자 하는 작가 의식을 직접적으로 드러낸 작품이다.

고성 이씨 청도 입향조 모헌공 이육 할배가 경북 안동에서 살다가 청도 화양 땅에 살게 된 연유는 연산군 때 무오사화, 갑자사화로 백형伯兄 쌍매당 이윤은 거제도로, 중형仲兄 망헌 이주는 진도에 유배를 가서, 두 형을 찾아서 가고 오다 인연이 닿은 것일 터, 그럼 청도 화양 유등리에 14대조 저 할배가 연못을 크게 넓혀 연꽃을 심어 유등연지를 만들고, 못 안에다 군자정 정자를 세웠던 까닭은 무엇인가, 그 의문이 수년간 오래도록 풀리질 않았는데, 유등연지에 연꽃이 만발하던 어저께 당신과 모헌정사 마루에 앉아 연꽃 내려다보면서 그 까닭을 알아냈느니, 풍비박산된 집안의 슬픔 그 허허로운 마음을 먼 데 비슬산에 펼쳐져 있는 비슬琵瑟의 몇 가닥 현絃 위에다 무량의 붉은 연꽃 몇 송이 얹어 달래려 함이었던 것일 터. 나는 다만 어디 먼 데서 마음으로 전해오는 문장의 말씀을 펼쳐놓기만 한 것일 뿐.

—「이육 할배가 청도로 간 까닭?」 전문

이번 시집에는 서술 구조가 특히 두드러지는데, 이를 확인할 수 있는 작품이다. 서술은 어떤 사실을 차례를 좇아 말하거나 쓰는 방식이다. 「음악」에는 "2012년 9월 19일 중앙일보에서 본 〈변선구 기자, 이달 보도사진상〉"이라는 설명 아래 해당 사진이 실려 있다. 철책 울타리에 여기저기 앉은 참새가 마치 "음표"처럼 보이는 이 사진을 놓고 시인은 "8남 2녀의 큰집과 3남 4녀의 우리 집 슬픈 가족사진 같다"라고 표현한 뒤, "오래전 훌쩍 먼 곳으로 가버린/ 사촌 형님 종노, 종일, 종화 그리고/ 내 동생 종식, 다들 지금 어디에 있나?"라며 먼저 간 혈육들을 호명한다. 친구가 페이스북에 올린 사진 한 장에 영감을 받아 쓴 「페이스북에서 시를 줍다」도 마찬가지로 사진 이미지가 실려 있다. 이 이미지가 "오래된 종 표면에 새겨진 천상의 무늬다"라며 시인은, "저 종은 그냥 종이 아니다/ 둥, 둥, 둥/ 둥근 소리를 자꾸 퍼내는/ 땅, 지구의 겉 가죽이다"라고 노래한다. 하지만 하나의 이미지나 단일한 묘사를 통해 정서나 사상을 드러내는 방식은 『꽃과 별과 총』에서 드문 경우다. 대개의 작품은 어떤 상황이 전개되는 과정이나 사건이나 생각이 차례대로 진술된다.

시인은 「이육 할배가 청도로 간 까닭?」에서도 서술적인 구조로 형상화된 사건과 이야기를 통하여 자신의 사상과 감정을 진실하게 드러낸다. 서술 구조를 통한 이야기 전달은 주관이 객관의 계기로 작동함으로써 시인의 삶을 진솔하게 형상화하는 방식이다. 청도는 시인의 고향이다. 그의 조상들이 청도에 뿌리를 내리고 살아가게 된 내력은 이러하다. 고성 이씨 청도 입향조 모헌공 이육 할배가 경북 안동에서 살다가 청도 화양 땅에 살게 되었고, 이 이주의 배경에는 연산군 때 무오사화, 갑자사화로 백형伯兄 쌍매당 이윤은 거제도로, 중형仲兄 망헌 이주는 진도에 유배를 갔고, 그런 두 형을 이육 할배가 찾아서 가고 오다 인연이 닿은 곳이 바로 청도 화양 유등리인 것이다. 그리고 이러한 "혈맥과 사랑의 흐름"이 상세하게 서술된 작품으로 「이육 할배가 청도로 간 까닭?」 외에 「청도淸道」가 있다.

"풍비박산된 집안"은 서술 구조로 객관화된 '슬픈' 가계다. 이와 더불어 "무량의 붉은 연꽃 몇 송이 얹"힌 "까닭"을 통하여 시인은 까마득한 후손으로서의 자기 삶을 새롭게 발견한다. 조상의 내력이 저러하므로, "먼 데서 마음으로 전해오는 문장의 말씀을 펼쳐놓"는 일이 시인인 자기 몫임을 제시하는 종결은 '마음'이라는 순정한 가치로 인해 고양된 감정을 불러일으킨다. "나는 다만"이라는 말속에는 표면에 노출되지 않은 시인의 내면이 침잠되어 있다. 자기 몫의 삶을 일인칭의 눈으로 담담히 바라볼 수 있음은 서정시의 크나큰 미덕이다.

3. 별

3학년 9반 교실 '독서' 수업 시간, EBS수능특강 언어영역 60쪽 황동규 선생의 시 「퇴원 날 저녁」을 가르치다가 "주인이 나오기 전에/ 배터리 닳지 말라고 속삭인다."에 밑줄 그으라고, 시인은 저렇게 배터리 닳아가는 자동차에게도 말을 건네는 사람이라고, 그래서 시인은 위대한 거라고, 아이들에게 받아 적으라고 윽박지른다. 괄호 열고, 우리의 이종암 시인 또한 위대하다, 괄호 닫고. 내 말이 끝나자마자 아이들은 에이, 웩웩, 책상 두드리고 고함지르고 교실이 완전 난장판이다. 아니다 야들아, 진짜라니까. 내 말 못 믿는 사람, 수업 마치고 교무실로 와서 봐라. 내 책상 위 물컵 속에 며칠 전 화단에서 꺾어온 매화 활짝 웃고 있단다. 그거 내가 자꾸 좋아한다, 사랑한다고 말 건네서 활짝 웃으며 꽃 핀 거라니까.

시詩라는 건 세상에 말 걸기이다. 수업 끝.

—「시론詩論」 전문

퇴직하기 전, 시인은 학교에서 아이들을 가르치는 국어 선생님이었다. "3학년 9반 교실 '독서' 수업 시간, EBS수능특강 언어영역 60쪽" 등이 문학을 가르치고 배우는 고등학교 3학년 교실 풍경을 생생하게 그려낸다. 줄 세우는 세상에서 살아남는 법을 일찌감치 깨치게 만드는 어른들만 익숙했던 아이들 눈에, "시인은 위대"하니 밑줄 그으라고, 받아 적으라고 윽박지르듯 조르는 그가 어떤 선생님으로 비쳤을지 궁금하다. 학생들이 그해 수능점수는 기억 못할망정, "시인은 저렇게 배터리 닳아가는 자동차에게도 말을 건네는 사람이"라는 말만큼은 영원히 기억해주었으면 좋겠다.

"시詩라는 건 세상에 말 걸기"라는 시인의 말은 아마도 참말이다. 학창 시절의 순수와 열정을 다 내버린 채 나약한 소시민으로 주저앉은 우리를 향해 그의 시는 성공적으로 말을 걸고 있다. 이 시를 읽는 우리는 "책상 위 물컵 속에 며칠 전 화단에서 꺾어온 매화 활짝 웃고 있"는 이유가 시인이 "자꾸 좋아한다, 사랑한다고 말 건네서"라는 저 각별한 마음에 주목할 필요가 있다. 시인이란 대개 그런 사람이다. 물컵 속 매화에도 말 걸 수 있고, 매화가 활짝 핀 게 자신을 향해 보내는 신호로 이해하는 게 시인이다. 온갖 자연 사물들을 살아있는 것으로 보고, "접촉하고 접속하는 일이/ 곧 생명의 본색"(「본색本色」)이라 여기는 게 시인이다. 이러한 시인이 속된 삶과 맞서는 존재의 고결한 의식과 실천으로 '별'을 상정함은 당연한 노릇이다. 해서 초월적 아름다움과 순결한 이상을 상징하는 '별'은 여러 곳에서 변주되면서 시집 3부의 중심 심상이 되고 있다.

입 주변까지 번진 대상포진으로 고생하는
여든 일곱의 우리 엄마, 손순연
37도 무더위에도 지치지 않고 꿋꿋하다

오랜만에 안부 전화를 드리니
"우리 선상님, 어데 멀리 외국 나가셨든게?"

이리 무더운데 요새 뭘 드시느냐 하니
"내사 하늘의 별 따다 안 묵는게." 하신다

면구스러움에 앞서, 그것 참!
초등학교도 못 나와 한글도 모르는 분이
외국 유람은 어찌 알고
하늘의 별 따다 먹는 것은 또 어찌 알까?

시인이랍시고 까불락대는

헐거워진 내 언어가 다시 탱탱해진다

—「시인의 엄마」 전문

　시인의 엄마라서가 아니다. 어머니의 언어 운용이 평소 저러하니 자식도 시인이 될 수 있었음이 분명하다. 역사의 기록이 한 공동체의 정체성을 형성한다면, 어머니의 언어는 자식이라는 개인의 정체성과 관여한다. "나가셨든게?", "안 묵는게."라며 방언으로 주고받는 모자의 대화가 생생하고도 정겹다. 하늘의 별을 따다 먹는다는 건 불가능한 일이다. 그러나 시는 '별'이라는 수단과 가치로 세계 내의 억압적 구조 속에서 희미해져 가는 자신을 구원하는 불가능을 꿈꾼다. "헐거워진 내 언어가 다시 탱탱해진다"는 말은 시인으로서의 고유성과 가치를 다시금 회복하려 노력하겠다는 다부진 선언으로 들린다. 다음은 '별'의 원관념들을 나열하고 있는 시다. 어쩌면 우리에게도 낯익고 반가운 별들이겠다.

산 높아 물 깊은 강원도 영월

사월 봄날 동강 벼랑바위에

동강할미꽃 별처럼 뾰족뾰족

핀다 자주 보라 분홍 하양으로

또 연자주 연보라 연분홍 연하양

색깔도 크기도 모양도 여럿이다

잿빛 석회암 절벽에 핀

밤하늘 불 밝힌 별 모양 그대로다

동강할미꽃 저 별은 동강이 아닌

서강의 벼랑바위에도 피어난다

대구 시단의 동강이요 서강이었던

「동강의 높은 새」*를 쓴 시인도

「동강할미꽃」**을 쓴 또 다른 시인도

내게는 모두 다 밤하늘의 별이었다

육십 가까이 살면서 내게

뜨거운 사랑을 주던 사람도

견디기 힘든 분노를 안겨주던

세상 그 누구도 다 내게는 별이었다

어둔 길 밝혀주는 동강할미꽃

―「동강할미꽃과 별」전문

이 시는 강원도 영월의 동강 벼랑바위에 핀 갖가지 색과 크기의 '동강할미꽃'에서 시상이 촉발된다. 시인이 보기에 꽃들의 모양은 "잿빛 석회암 절벽에 핀/ 밤하늘 불 밝힌 별 모양 그대로다" 별을 닮은 동강할미꽃의 모습은 시인에게 '별'처럼 빛나는 두 시인을 떠올리게 만드는 매개물이다. 주석에도 나와 있다시피,「동강의 높은 새」를 쓴 이는 문인수 시인이고「동강할미꽃」을 쓴 "또 다른 이"는 이하석 시인이다. 두 시인 모두 시를 읽고 쓰는 사람들이라면 누구나 사랑하고 존경하는 시인들이다. 동강할미꽃이 시인으로 하여금 시집 제목에 '동강'이 들어간 이 두 사람을 기억나게 했을 테다. 시인은 이들을 두고 "내게는 모두 다 밤하늘의 별이었다"라고 고백한다. 시적 비유가 노리는 효과를 말하자면, 두 시인을 '별'이라 칭하며 원관념을 전이시키는 방식은 둘의 관계가 밀접하기는 해도 참신한 비유라고 보기는 어렵다. 그렇더라도 괜찮다. 정작 시인이 골몰하는 건 별을 비유하는 일이 아니기 때문이다. 그는 동강할미꽃이 동강과 서강을 구분하지 않고 피는 것에 주목한다. 시인이 동강과 서강의 구분을 버리는 순간, 그에게 별과 같은 존재들은 두 시인에게서 세상 모든 존재로 확장된다.

그리고 별과 대응하는 대상의 폭발적 확장은 "견디기 힘든 분노를 안겨주던/ 세상 그 누구도 다 내게는 별이었다"라는 역설적 깨달음으로 귀결된다. 첫 연에서 동강의 벼랑바위 위에 핀 할미꽃은, 시의 전면을 흐르는 타자와의 부드러운 화해 혹은 동일화의 가능성이라는 울림을 배경으로 천상에서 빛을 던지는 별의 이미지를 얻게 된 것이다.

무덤을 찾고 꽃과 별을 노래하는 이종암의 시는 공자가 말한 사무사思無邪로 요약할 수 있다. 사무사란 '생각이 바르므로 사악함이 없다'란 의미다. 이 중에서도 이종암 시의 '무사'는 윤리ㆍ도덕적인 올바름과 진솔한 정감의 발로를 두루 아우른다. 그의 시는 '즐거우면서도 지나치지 않고, 슬프면서도 상하게 하지 않는'다. 무엇보다 그에게 시란 삶을 체험하고 표현하고 이해하는 불가결한 수단이다. '꽃'과 '별'과 '총'을 부표 삼은('이하석') 그의 삶이 사람과 자연과 죽음 사이에서 끊임없이 움직이며 변화하듯이, 유동적인 삶의 과정으로부터 나온 시는 이종암이라는 시인의 실천적 세계를 구성한다.

이 글 서두의 질문에 답할 때가 되었다. 이종암은 도구적 삶에서 가치의 세계로 옮겨 간 시인이다. 이

를테면 그는 '돈 벌려는 노동'을 거부하고 "구름 관찰
사나 구름감별사"(「구름감별사」)가 되기를 소원하고
작정한다. 삶에 무기력하게 길들어진 우리의 피상적
인 시선이 닿지 않은 곳을 관찰하고 감별하면서, 앞
으로도 시인의 쓰기는 계속될 것이다. "삶의 매 순
간마다 생사를 초월한 나한들처럼 꿋꿋하게 길을 걸
어가야 한다"라는 "다짐"(「거조암 영산전 오백 나한
상」)을 다음 시작詩作의 단단한 결실을 위한 씨앗으
로 뿌리며.

시와반시 기획시인선 030
꽃과 별과 총

펴낸날 | 2024년 5월 1일 초판 1쇄
        2024년 6월 1일 초판 2쇄

지은이 | 이종암
펴낸이 | 강현국
펴낸곳 | 도서출판 시와반시

등록 | 2011년 10월 21일 등록(제25100-2011-000034호)
주소 | 대구광역시 수성구 지산로 14길 83, 101-2408호
전화 | 053) 654-0027
전송 | 053) 622-0377
전자우편 | khguk92@hanmail.net

ISBN 978-89-8345-156-9   03810